KB177367

목련은 골목을 품는다

J.H CLASSIC 088

목련은 골목을 품는다

윤경 시집

지혜

시인의 말

세상을 보는 각도를 조금 바꾸었을 뿐인데
나의 시선이 편안해졌다.
작은 도시로 이사를 온 후
낯선 이곳을 새롭다고 생각하자
주변 풍경이 신선하게 들어온다.
익숙함을 또 다른 말로 안일함이라고 한다면
시가 안일한 내 삶의 기록이 되지 않도록
늘 깨어있어야겠다.

2022년 7월

윤 경

차례

1부
목련은 골목을 품는다

2부
내 기억은 곡선으로 꺾인다

3부
호명하는 바다

4부
스토커

• 일러두기
　페이지의 첫줄이 연과 연 사이의 띄어쓰기 줄에 해당할 경우 > 로 표시합니다.

1부
목련은 골목을 품는다

목련은 골목을 품는다

몸을 반쯤 열고 서 있는 그는
절집처럼 고요하다
수런거리는 골목마저
산기를 느끼는지
깊은 숨을 몰아쉬며
몸을 풀고 있다
힘겹게 하늘을 받아내고 있다.

봄볕 속으로 쏟아져 나온
꽃들의 웃음 소리
가지마다 옥양목 한 마씩 감고 있어
골목이 왁자하다
낯가림 하는 꽃의 속살들은
엄마, 엄마만 찾아
젖도 돌지 않은 몽오리를 물리고 있다.

봄이면
들썩이는 골목길을
목련이 언뜻
먼저 품는다.

명지에서 생각을 굽다

명지에 가면
낙동강 위 수상가옥에서
조개구이를 먹어보라.

불판 위에 조개를 올릴 때마다
집 한 채 깔고 앉아
거품 물고 쏟아내는 그들의 수다 속으로
빠져 들게 된다
활딱 열어젖힌 몸엔
짜디짠 바닷물로 생을 채워 왔을
푸른 시간이 얼비치고
뻘밭에서 질척이던 삶의 이력마저 투명하다
사람들의 취향대로 알맞게 버무려진 달빛이
낙동강의 수심을 재는 동안
쫄깃하게 잘 익은 수다를 뒤집는 손길에도
푸른 핏줄이 돋아
지친 세상은 한 판의 조개를 굽는다.

잡다한 생각들을 굽다보면
껍질 두껍고 모난 표현들도 이곳에서는
강물 따라 순하게 흐른다.

튀밥

하루가 적적할 때는
어린 시절을 튀겨본다

장사 가신 어머니를 기다렸던 모퉁이가
강냉이처럼 껍질 밖으로 터져 나온다
기다림은 목마름이라는 걸
이때 알았다.

5일장 귀퉁이에서
소박한 꿈이 튀겨질 때
'뻥' 소리와 함께 여기저기 날았던 튀밥들
꿈이란 마음에 날개를 다는 것이란 걸
장터에서 배웠다.

조간신문을 받아들면
뻥뻥 터지는 사건들이 어지럽다
잘못 해석된 꿈들이 부표처럼 떠 있어
항로를 이탈하는가
튀밥처럼 뜨거운 시절을 견뎌 본 사람은 알지
한 순간에 튀겨지는 꿈이란 건 없다는 것을

바람 빠진 이들이 무슨 이력으로 부푸나
뻥뻥 터질 때마다
아슬아슬하게 줄을 타는
저기 저.

말

얼그레이 한 잔에도
말의 마음을 녹일 수 있지만
말이 다른 말을 내칠 때에는
정신마저 혼미하다.

상대에게 했던 말들이
자신에게도 던진 말이라
기억하고 싶은 말들만 담아두고
베인 흔적만 붙들고 아파 할 때가 있다.

이웃에 문패 하나씩 달 때마다
말문을 다는 것이라
담을 넘는 말들이
치장을 하다가
맨 얼굴로 넘을 때는
기운 센 말을 조심해야 한다.

온도가 다른 말들은 서로 겉돈다
냉기 흐르는 말은
오해의 씨를 뿌리고

위로가 되는 한마디 말은
군불 땐 것처럼 따뜻해져
무거운 공기마저 데운다.

미스터 트롯

트로트를
가슴으로만 부르는 줄 알았더니
몸으로 부르는 노래도 오감이 젖는구나

시보다 더 감정을 끌어 올리는 것이
가락이라니
한밤 내 티비 속에서
목젓을 태우는 트롯맨들로
밤이 뜨겁다.

경연을 즐기려고 자리에 앉았지만
자꾸만 한곳으로 피가 쏠려
일면식도 없는 저 가수에게로 몸을 당긴다,

달고 알싸하며 쫄깃한데
왜 입술이 타는가
중독된 트로트의 맛이라니
지난번엔 칼 군무
오늘은 남 저음 목소리가 귀를 틔운다.

\>

온몸으로 부르는 노래가

울림을 준다면

힘 조절하며 부르는 저 노래는 어떤가

감성을 흔드는

호소력 있는 그에게 한 표다

아니 열정적으로 무대를 지켜온

그 땀방울들에 한 표다.

고등어

길이 들지 않은 프라이팬 위에서
고등어가 몸을 뒤집는다
껍질과 뼈와 살이
바닥에 엉겨 붙어
서로를 간보고 있다.

푸른 바다를 들이키던 그에게
먼저 입단속을 시켰다
굵은 소금으로 염장을 질렀지만
중심이 무너지면
다 무너지는 거라고
그는 흰 뼈를 붙들고 뜨거운 바닥에서
몸을 뒤집고 있다.

서로 보는 방향이 다른 둘이
생각을 섞는 일은 아프다
살은 살대로 뼈는 뼈대로
바닥이 달구어질수록 쉽게 해체된다.
조립되지 않는 마음만 달가닥거린다.

봄날

상추의 여린 잎이
봄 햇살을 만진다
솜털마저 얼비친다.

언 땅을 헤집고 올라 온
쑥이며 냉이도
양지에서 자리를 펴고 앉았다.

겨울 동안
추위보다 이파리 떨어진 외로움이
더 큰 상처로 남은 자리를
봄바람이 포대기 되어 감싸 안는다.

아픔은
견디는 것이 아니라
성숙할 때까지 숙성하는 것
세상의 가장 낮은
땅에서는
씨앗의 위대한 잠언을 낭송 중이다.

삼수령三水嶺에서

가을 햇볕이 낙엽 위를 걷는다
까치발인지
바스락 소리가 가볍다
불타는 가을 산은
콩 볶는 냄새처럼 구수해서
자꾸만 차창으로 따라오는 산들을
눈으로 데리고 간다.

바람의 언덕으로 가는
태백의 삼수령 고갯길을 힘들게 오르니
자작나무 은갈치처럼
비늘을 번쩍인다.
높은 곳에 오를수록
자신에게 엄격하라는 죽비 같아
한 번도 수직 상승해 본 적은 없지만
등이 따갑다.

매봉산 능선엔 고랭지 채소들이 떠난
빈터가 스산하다
누가 내리막길이 편하다고 했는가

삼수령三水嶺에서
한 방울 빗물의 방향성을
고민해 본 적이 있는가
북류하지 못할 바엔
황지천을 따라 남류하여 내가 사는 낙동강으로 갈까
차라리 오십천을 따라
낯선 물길이 길을 낸 청정 동해로
몸을 섞어 흐르고 싶다
세상의 때 불려
말갛게 씻어 나오고 싶다.

내 아이가 나를 철들게 했다.

아이를 낳기 전에는
시를 아이처럼 낳고 싶었다
나를 빼 닮은
어설프지만 정이 가는 시
온몸으로 키우고 싶었다.

이젠 내 아이가
나를 맑게 해 준다
시를 몰라도
몇 마디 언어로 울고 웃는
기쁨아, 희망아
그들의 눈높이로 자란다. 나는

어머니의 마디 굵은 손과
관절염으로 힘겹게 내리 딛는 세월이
아프지 않았는데
아니다 이젠 아니다
내 아이가 나를 철들게 했다.

조바심 나는 보폭으로

하루를 따라가지 않으면
마음이 불편했는데
이젠 아니다
욕심 없는 아이들이
나를 비워냈다
내 아이가 나를 철들게 했다.

그리움에게

나는 너희보다 강해도
너희에게만 나는 약하다
너희가 힘겨워 할 때
내가 웃는다면 그것은 울음이지
내가 울음 울면 그것은 통곡이다.

애들아
내 사랑아,
사랑의 대가가 아무리 가혹해도
감당할 수 있지만
스스로를 포기하는 것은
용납할 수 없단다.

시간이 우리를 기다리지 않듯이
기회도 준비된 자에게만
도둑처럼 오는 법.

젊음은 출렁이는 물 같아
때로 흔들리며 나를 채워가는 것
사랑아

내 사랑아,
세상을 보는 시선이 따뜻해졌다면
너희들 덕분이며
나의 웃음이 넉넉해졌다면
너희들에게 배운 것이지.

사랑아
우리가 살면서
후회할 수는 있지만
후회할 일을 만들지는 말자.

쑥 이야기

삼월 봄바람에
맨살 트는 껍질들을 본다.

한 뼘 햇볕만 겨우 들인 빈터에는
솜털도 벗지 않은 쑥이
몸을 떨고 있다.
입술까지 파랗다.
왜 어린 것들은 푸성귀마저도
엄마만 찾는가
쑥을 캐려고 헤집던 손은
저녁 해거름만 기다렸던
어린 시절이 얼비쳐서
낙엽 몇 장 긁어 북을 주고
돌아선다.

내 몸에서
어린 시절을 끄집어내면
산과 들을 다니며 쑥물 든
봄이 따라 나온다.
쑥국, 쑥털털이, 쑥인절미

그 쌉소롬한 쑥이 봄나물 맛이라면
내 인생은 지금이 봄이다.
쓴맛도 오래 머금어 봐라
그 끝맛은 달다.

동화책은 군불을 지핀다

창을 열어 둔 날이면
순한 눈빛의 활자들이
부풀어 오른다
오늘은 바닷 내음이
바람보다 먼저 왔는지
싱싱한 웃음으로
어깨를 흔들며 책장을 들춘다.

책 갈피마다
인기척만 있어도 간지럼 타서
은유로 몸을 흔드는 글자들
목젖까지 보인다.

동화책을 읽으면
마음에 군불을 지피는 것 같아
나이의 아랫목까지 따뜻하다.

나목

맨몸으로 서 있는 저 나무는
한곳에 서서
비바람을 몸으로 맞았는지
제 살 속에 삶의 이력이 읽힌다.

생각의 밑축을 뚫고
어둠 속 깊숙이 뿌리를 파고 들면
캄캄한 곳에서도
길을 내는 눈이 있다.
꽃피던 시간을 지나
열매의 기억을 넓혀 가면
추위 속에서도 맨살로 버텨
시퍼런 실핏줄 위로 새봄이 글썽인다.

겨울은
세상의 시선을 내려놓는 시간,
내일을 위해
가지마다 걸린 하늘을
몸 안으로 들여와 자리를 넓힌다.

스케일링

  속으로 꾹꾹 참았던 말들이 누렇게 뜨고 있네 입술에 발린 말들을 주고받았던 지난 날들이 치석처럼 들러붙어 풍치로 욱신거리네 나는 자벌레처럼 웅크린 채 밤의 내장과 뼈를 통과했네 온몸을 들쑤시는 통증의 시간을 발라내던 의사는 내게 처방전을 들이밀며

  "자네는 이제껏 시간의 뒤축만 닦고 있었군"

  잘못된 습관이 치아의 뿌리를 흔들고 있다는데 상처받은 뿌리는 치유되지 않는다는데

  칫솔질 할 때마다 사무칠 일 없는 그리움이 몸속을 빠져 나가는지 잇몸이 시큰하다

사투리로 산다

이제껏 한 번도
어머니를 제대로 불러 본 적이 없다
'으머니' 이거나 '으므니' 부르면
잘도 알아 들으시는 어머니
텅빈 냉장고를 채우려고 집을 나서면
'마트'에 가지 않고 '마터'로 간다
그가 옆에 있어도
누군가가 그리울 땐
늘 '거리움'이 습관처럼 따라붙어
하루를 사투리와 붙어 산다.
딸 아이 친구인 은정이를
'언정아' 부르면
어느새 또박또박 고쳐주는 아이들
'어'와 '으'를 표절할 수가 없구나
우리 집엔 식탁에도 사투리가 올라
흙을 털어내듯 사투리를 헹궈 보지만
내 혀는
표준말을 다 베껴 낼 수가 없다
사투리로 먹고, 입고
하루 종일 나는
사투리에 묻혀 산다.

첫사랑

멀리 있어도 가슴 따뜻한 이름

마음속에 너라는 주머니 하나를 달고 다닌다.

오늘은 그 주머니를 종일 매만진다.

나를 스캔하다

생각이 자갈밭을 걷는 날은
몸 어딘가가 삐걱거린다
노곤한 몸을 뉘어
나를 스캔하고 나온 날
검게 찍혀있던 해독되지 않은 언어가 궁금했다.

몸에도 지도가 있어
이파리 앙상한 바람이 지나간 자리와
나뭇잎 무성하던 시절의 한때를
얇게 펼치면
삶의 이력이 빛처럼 투명하다

몸 구석구석 접어놓은
욕망의 흔적들과
그 위에 기도처럼 왼 이름들도 찍혔다.

나를 지탱한 것은
육신이 아니라
양손 가득 쥐고 있는 소유가 아니라
그들을 향해 열어놓은 마음의 쪽문이었구나.

2부
내 기억은 곡선으로 꺾인다

내 기억은 곡선으로 꺾인다

내 기억은 곡선으로 꺾인다
모퉁이를 돌아
몸속으로 길을 넓혀 가면
거기, 익숙한 풍경이
환하게 나를 끌고 간다.

생시처럼 투명한 꿈 속에서
퍼즐을 맞춘다
헐거운 시간의 빈칸을 메우자
붉은 상처였던 모서리가 둥글게 몸을 펴고
한 번도 의식한 적 없는
내 안의 무늬들이 일어서서
나를 끌고 간다.

자주 뜨끔거리던
날선 편린이 있었던가
이제 다 무디어지고 있다.

이렇게
내 기억은 곡선으로 꺾여

두근거리는 잎을 달고
달디단 추억으로 가는
그 시간을 통과 중이다.

빈 독

속이 비어 있는 것들은
조금만 두드려도
텅텅 소리가 난다는데
생각을 비워내
빈 독으로 흔들릴 때에도
그는 맑은 소리를 낸다
세상의 가시들 주저앉히지 못해
갈피마다 상처로 캄캄할 때에도
품을 벌려
세포마다 불을 밝힌다
햇빛과 바람만 버무려도
뭉근하게 맛이 익는 독이여.
그렇게 스며들고 싶다 나도,
오늘은
그리움이 잘 숙성된 음표들이
입 안 가득 고여
파라파라 피리를 분다.

스킬 자수

밑그림을 따라 털실을 끌어 올린다
서로의 체온을 부비며 올라오는 문장들
어느새 지쳤는지
삶의 보푸라기를 물고 있다
망사 밖의 그가 서성이는 날
코바늘로 그 생각을 떠 보지만
자투리 말들만 꿰고 있다.

추억이 빠져나간 자리
품이 헐렁해진 망사 위로
목련이 피었다 지고
이름 모를 새 한 마리 날개를 펴다.

꽃마을
— 구덕 문화공원에서

구덕산 초입에서
풍경화 한 폭이 환하게 걸려 있다.

그 풍경 속으로
층층계단을 오르니
꽝꽝나무, 흰말채나무, 홍가시나무가
초행의 손길을 붙든다
이리저리 이끌리어
역사관이나 원예관을 돌다가
민속관 앞에서 못박힌 채 서 있었다
어릴 적
알곡들은 죄다 도회지로 떠나고
쭉정이로 도리깨질 당할 때
반타작도 안 된 소출이라고 걱정하던
그 타작기가 인기척을 한다
몸을 돌리자
국수틀과 누룩틀이 있다
벌써 온몸에 술찌기 냄새가 난다.

세월의 더께에 묻혀있는

빛바랜 시간들을 깨우자

왈칵,

내 몸에 남아있던 그리움들이 넘어 온다

왜 추억은 달지 않고 아리는지

이곳에 오면

꽃마을에 오면 알리라

공원을 한 바퀴 돌아 나오도록

앞집에 살던

명자나무, 기억의 놋그릇을 닦고 있다.

미포 철길

오늘도
파도 한 자락 깔고 앉은
청사포 언덕길을 넘는다.

이제 막 말문이 트인
새 순들의 옹알이 소리
그 밑둥을 따라 걷다 보면
폐선이 된 미포철길의 빈 자궁을 만난다.
누가 그를 손님처럼 다녀갔는가.

창밖 풍경으로만 스치던
바다를, 파도를
질펀하게 양수처럼 쏟아내며
미포 오거리 초입까지
소금 냄새가 가득한 바닷길을 걷다보면
추억 속의 동해선은 없고
저기 저 해변열차가
청사포 파도자락을 끌며 달린다.

가로등

밤길을 걸으면
어둠이 나를 가둘 때가 있다.
낮에 익숙했던 길이
밤이면 낯설어
앞을 환하게 밝혀주는 이를 의지하게 된다.

누군가의 뒤를 따르며
많은 그림자를 밟고 왔지만
주변을 밝혀 배경이 된 이는
그 그림자를 늘였다 줄였다 한다.

그가 머문 자리는 환하다
밤새 잠들지 못하고
어둠을 밀어내는 그는
보초병처럼
그를 다녀가는 사람들에게
저 멀리까지 그림자로 따르며
마음속 불을 밝힌다.

미스 트롯

흘려 들어도 트로트는 착착 감긴다
애절하게 꺾어 넘다 연줄처럼 팽팽하게
젊은 여가수는
시 한 수를 비틀어 인생을 노래한다.

강약으로 호흡조절하며
가랑비 내린다
숨소리도 젖어 물방울이 된다
젖은 잎 다시 젖어 배경이 된다.

그녀의 입속에서 꽃들이 피어난다
긴 겨울의 어깨를 흔들어
무명의 시간을 깨우는
그녀는 미스 트롯.

아픔을 웃음으로 덮어봤을까
삶의 이력으로 읽히지 않는
10대 초반의 저 가수
가슴 긁으며 내는 소리가
온몸에 파고 든다

젖은 가락으로 밤을 적시는

각본 없는 서서시를 보는 밤.

따뜻한 빈자리

그 사람이 머문 자리에서
또 다른 그를 만나
내 속의 우물을 들여다보면
마음이 환해질 때가 있다.
물살을 다스리지 않아도
쉽게 얼비친다.

스스럼없이 만났던 사람은
그 빈자리도 따뜻해서
그와 나누었던 대화들을 식탁 위에 풀면
접시마다 풍성하게 차려진다.

마음의 지도를 펼쳐들고
기억의 등고선을 짚어나가면
그의 이름이 편하게 소환될 때가 있다
빈자리가 따뜻한 이름들을 만나면
덩달아 환해져서 좋다.

외출

기성복 같은 하루를
걸치고 나서면
터진 실밥을 물고 있는
옷핀이 보인다
생각의 올이 풀릴 때마다
달달 나를 박음질 하다가
문득, 꿰매지 못한 시접을 펼치면
내 방심을 붙들었던 시간들이
녹슬어 있다
내가 매달린 시간들이
나를 달고 가지도 못하는 구나
나머지가 빠지는 동안에도
나는 껍데기만 붙들고 있었다니
느슨한 문장도 안 되는 하루였다니
오늘도 실밥 터진 자리가
또 내게 귀띔한다.

눈 감으면 더 환해지는 길
― 고향

눈만 감으면 더 환해지는 길들이
망태에다 웃장 채워 재를 넘는다
야산엔
졸참나무, 망개나무, 정금나무
새파란 열매들이 다 사투리로 익는 곳
가랑잎 같던 손은
어느새 불쏘시개를 긁어 오던
갈퀴만 해져서
그 손으로 추억 몇 장 쯤
덮을 수 있지만
아직도 꿈속에서는
푸성귀 같은 어린 시절이 돋아난다.

소 값 파동으로 외양간의 소들이
빗장을 풀고 나갈 때
고향에서 뼈를 묻겠다던 어머니도
자식들을 따라 나섰지
빈 집은 서까래마다
지난 추억을 붙들고
도시에서 낯가림 할 때마다

가족들을 불러 들였다.

이미 폐교가 된 초등학교 운동장엔
열 살이나 열 한 살의
속성으로 뽑아 낼 수 없는 추억들이 찍혀있다.
아직도 눈만 감으면
더 환해지는 길들이
마음의 재를 넘고 있다.

관음죽

    진드기 같은 생生이 어디 있냐고 잎마다 옮겨 다니며 투덜투
덜 닦아냈지만 아직도 그대 입술은 가뭄 든 논바닥처럼 타고 있
구나. 얕은 잠 속까지 들어와 내 생각을 더듬으며 숨넘어가는 소
리를 내더니 며칠 사이 병색이 더 짙은데도 나는 네 아픔을 읽어
내지 못했다. 내 키보다 웃자란 너를 쓰다듬다 보면 서툰 몸짓도
위로가 되는가 엇박자로 부르는 소리에도 분갈이 하는 손 붙들
고 파리한 몸을 일으킨다.

    땅내 맡으려고 안간힘 쓰며 아래로 발을 뻗는 시간의 잔뿌리
들, 숭숭 뚫린 내 허점 속으로 드나들고 있다.

그대와 나 사이

그대와 나 사이에는
벽이 있다
필요할 때마다
못을 박아
하루 동안 걸쳤던 허물을 걸어두기도 했던
저기 저 벽
못 박힌 자리가 헐겁게
제 생각을 게워낸다.

그대와 나 사이에 있는
밀고 당기는 문틈 너머
그대는 내 기억의
맨 아래 칸 서랍을 들춰내지만
자, 봐라
풍선처럼 부푼 기억 밖에는 없다.

망초꽃

고단한 여름을 걸어 온 아이들이
목젖을 열고
깔딱깔딱 웃고 있다.

방심하고 있는 사이
마음의 여백을 뚫고 올라 왔구나
질경이, 민들레, 망초꽃
박토에서도 생각이 잘 여무는 아이들.

대궁 속으로
성장통을 앓은 아이들
속으로만 그늘을 담아내며
땡볕에 서서
들판 가득 환하게 생각을 열어 보인다.

물기 빠진 生

찬바람이 몸을 찔러보고 가는
낯선 길에서
여름이 빠져 나간 그 틈으로
가을이 저무는 것을 본다.

새떼처럼 몰려다니는 낙엽을 밟으며
푸른 잎이었던 시간을 물었다
여름날 뜨거웠던 한때가 궁금했으나
그들은 단풍 든 지금만 기억했다.

물기 빠진 生은 가볍다
화려했던 시간을 두고
이제는 바닥까지 내려와
거름이 되는 시간,
그들의 치열했던 삶만큼
상처의 자리는 꽃처럼 붉다.

그리움이 허리를 편다

구겨진 삶이어서 좋았다.
그대 몸 구석구석
더운 입김이 지날 때
솔기마다 나른한 몸,
얕은 통증으로 드러눕는다.

더는 돌아갈 수 없는
삶의 변곡점에서 만나
서로의 체온에 몸을 기울이면,
더운 열기로 몸이 달아올라
하루를 밀고 당기는 동안
구겨진 그리움이 허리를 편다.

사랑아,
세상에 나가 물기 머금고 돌아 온 날
서로 각을 세우다
겹 주름이 되기도 하고
접어두고 싶은 시접은 왜 그렇게 부푸는지
이제는 보푸라기 이는 잡다한 생각마저 다림질한다
뜨거워진 몸으로

그대가 바지 단으로 쓸고 갈
저 골목마저 주름을 잡는다.

완장

윤흥길의 '완장'을 읽다가 어릴 적부터 완장 앞에서 작아졌던 나를 들여다본다. 완장 찬 경비원을 보고도 뜨끔거렸지 이제는 경찰차만 봐도 운전대 잡은 손이 안으로 꼬이는데 널금 저수지 위에 질펀하게 쏟아 놓는 임종술의 사투리를 하빠리 인생들은 안다. 왜 그가 그렇게 완장에 매달렸는지 그리고 '진짜배기 완장은 뒷전에 있어 눈에 뵈지 않는다'*는 말도 안다 안다 다 안다.

산에 가면 이름 없는 돌들 오랜 세월을 견디며 깎이고 깎여 둥 그렇게 마음을 넓혀 그 산을 지키고 있다. 큰 나무가 작은 나무를 품어주고 큰 바위가 그 골을 지키고 있다. 칭얼칭얼 산새들 보챌 때마다 산은 제 가슴을 열어 품어주고 있다. 저들의 완장은 오지랖 넓은 품이다.

* 윤흥길의 '완장'에서 인용

그는 모른다

가끔은
안다고 믿었던 그가
나를 모른다
대궁 새파란 고집만 보고
꽃피고 싶은 마음을 모른다

저기 저 나무처럼
갈피를 펼치다
생각이 종이처럼 얇아져서
그 뒷면만 봐도 마음이 비치는데
그것을 읽을 줄 모른다

때로, 바닥 얇은 냄비로 끓다가
속없이 졸아 들어
혼자서 타고 있는 줄
그는 모른다

好好好 웃는 여자 옆에서
그저 *girl girl girl* 넘어가지만
왜 웃는지
그는 모르고 웃는다.

늦은 밤

늦은 밤
하루를 박음질하다 보면
시접처리 안된
편견이나 아집은
올이 잘 풀리는지
감침질을 해야 한다.

하루의 끝단을 박음질할 때
미끌거리며 빠져 나가는 시간의
조각보를 맞춰보면
모서리의 실밥들이 콜록일수록
단물나는 기억들만 빠져나간다.

내가 재단했던 하루는
썰물처럼 빠지고
터진 실밥들을 물고 있는 생각이
바늘귀를 끼고 있다.
또 다른 내일을 시침질하고 있다.
늦은 밤
바닥에 귀 대고 누우면.

오늘도 길을 묻는다

어머니 앞에만 서면
나는 작아진다.

서른에 혼자되신 어머니
수박씨처럼 엉겨 붙은 아이들을 두고
보따리 장사에 이골이 나셨지
그러니 매끄러운 말이나
착착 감기는 말 하실 줄 몰라
비늘 번쩍이는 말들로 각을 세울 때마다
나는 작아졌다.

이제는 내 앞에서
어머니 자꾸 무너지신다
기억이 깜박깜박 졸고 있어
길눈 어두운 나에게
길을 물어 보신다
지름길을 몰라 둘러 다니는 내게.

나보다 더 작아지신 어머니가
오늘도 길을 묻는다.

자판기

그가 누르면 나는 버튼이 된다
순한 사랑이 된다
귓볼을 지긋이 누르면
내 몸은 온통 뜨거워진다
콜록콜록 당신의 의중을 게워낼 때마다
휘휘 몸을 풀고
종이 컵 속에 코를 박는다
뜨끈하게 데워진 나는
당신과 호흡을 조절하며
하루치의 희망이 된다.

섬

붙박이장처럼 나를 풀 붙여 놓고
너는 어디를 갔느냐
바람난 시간아,
홀로 깨어있는 밤이면
내 속의 가시가 솟아올라
저기 저렇게 둥둥 떠다니며
악담을 하는구나.

마음이 길을 접으니
발 디딘 곳이 다 허방이다
상처 난 자리마다
철철철 피 흘리는 말들이
아프다 아프다 소리치는데
너는 귀를 막고 무엇을 하느냐
바람난 세월아,

늘 뭍으로만 내 달리는
너를 보며
머리 풀고 해풍을 몸으로 받은 시간들이
화석처럼 굳어있다.

3부
호명하는 바다

호명하는 바다

길은 길에서 만나지만
초행은 늘 낯설어 설렌다
해안 쪽으로 구부러진 길을 따라
정자에 와서
마음까지 차오르는 바닷물에
질펀하게 하루를 풀어 놓는다
바다로 문을 낸
카페 '나폴리'에 앉아
파도 한 자락을 들춰
테이블 위에다 펴고 칼질을 한다
두고 온 이름들이 잘려나간다
남은 약속 한 점마저 포크로 찍어
허기로 채워지고
나는 저기 저 물새처럼
투명한 생각을 물고 나른다.

내 이름을 호명하는 바다여.
미역 같은, 파래 같은
축축한 기억을 움켜쥐고
모래밭으로 달려 나온 파도여.

많은 말을 주고받았지만
받아 적을 수가 없구나.

해가 그리움 쪽으로 기울 때까지
땀 냄새 나는 바다의 팔뚝에
붙들려 있다가
내가 그를 붙들고 있다가
온 종일 정자에서.

정선 아우라지 추억

백봉령 지나
정선의 아리랑 고갯길을
구불구불 넘는다.
아우라지 전설처럼
지키지 못한 약속을 붙들고
스물 몇 해 만에 그곳을 찾았다.

한 밤 길 잃은 여행객을
따뜻한 군불과 고봉밥으로 맞아 주셨던
정선 아우라지,
큰길에서 오른쪽으로 꺾은
감나무 집 그 이장님 댁은
내 기억 속에서만 존재할 뿐
골목마다 낯이 설다.
양옥집으로 바뀐 저 집인지
나무 대문 걸어 둔 저 집인지
스물 몇 해 전
낯선 여행객에 큰방을 내어 주셨던 이장님은
세월을 이길 수 없어
지금은 안주인만 계시다는데.

출타 중이신지 인기척이 없다.

너무 늦게 빚 갚으러 간 여행객은
빈 집만 두드리다 발길을 돌린다.

삼척 용화, 겨울 바다

이른 새벽부터 바다는
싱싱한 지느러미를 뒤척이며
물질하고 있었다.
밤새 썰물이 다녀간 자리에
물새와 사람들 발자국이
화석처럼 박혀 있어
나도 잊혀지지 않은 이름을
모래 위에 적는다.

겨울 바다는
울컥울컥 지나간 시간들을 토해낸다
폐부 깊숙이 묻어둔 여름의 흔적들을
모래톱에 게워내고
저 혼자서 그 상처를 쓰다듬고 있다.

한낮이면
바다를 끼고 도는 레일 바이크나
해상 케이블로 저 바다를 가로지를 수 있겠지만,
용화 정거장을 지나
나는 천천히 걸어서 아침을 맞고 싶었다.

송정에 오면

송정에 오면
미역을 헹궈내는
저 바다의 땀 냄새로 몸이 아득해 진다
달맞이 길 초입부터
팽팽한 해안선 한 자락을 붙들고
언덕을 오르면
벚꽃나무 꽃그늘로 채색된 밑그림은
온통 바다다
물감 뚝뚝 흐르는 수채화 속에서
길 커피 한 잔을 마셔보라
뭉클뭉클 올라오는
가슴 밑바닥을 들여다보고
흥정하러 몰려드는 장사꾼처럼
파도는 그 생각을 밀고 당긴다
바다는 또
선잠 자는 나를 닮았는지
온 밤내 뒤척이다
해를 받아내는 모습이 영락없는 산파다.
송정에 오면
아득하게 잊혀진 추억마저도
새 옷을 입는다.

동암 앞바다

그리움이 들끓어
생각이 파도칠 때 그때
너를 본 적이 있다
아득하게 펼쳐놓은 내 생각들을
너는 쉽게 지웠지만
나는 아무것도 지우지 못하다가
도리질만 했다.

단풍 든 얼굴로
모래톱에 이마를 묻고
밤새 쓸려 가는 꿈을 꾸다가
저기 메인 목선처럼
우두커니 서서 나는
그와의 끈을 놓았다
그때 너도 온몸을 뒤척이며
선잠 자고 있었다.

이제 약이 된 세월을 보내고
그대 앞에 서서
투명한 네 생각들을 들여다보지만

아직도 파도치며 뒤척이는

네 뜻을 모른다

또 누구의 아픔을 앓고 있는지.

이방인

어둠은 실타래이다
낯선 곳에서
새벽의 한 끝을 당기자
강원도의 속살이 드러났다
산 속에 숨어있던
밭이, 마을이
이방인의 눈앞으로
코바늘 꿰어 나온다.

가을걷이 끝난 밭에서는
미처 뽑아가지 못한
계절이 떨고 있어
이삭 줍듯 봄동의 속잎으로
밥상을 차렸다.
얼다 녹은 시간들은 끝맛까지 달다.

강원도에서 사흘,
오늘은
산나물과 버섯
산 더덕 향기까지 담아서

5일장을 나서는데
아직 다 소화시키지 못한 시간들이
뱃속에서 꾸르륵 거린다.

가든스 바이 더 베이*

뜨거운 열대의 시간 속으로 들어가자
길게 늘어선 가로수도
여름으로만 살아
잎을 물들일 줄 모른다.

몇 길의 플라워 돔 안에 들어서니
더위를 식혀 줄
인공폭포가 먼저 반긴다
형형색색의 꽃나무들이
큰 정원도시로 안내하는데.

밤이면 슈퍼트리가
또한 빛으로
수직정원의 황홀경을 보여준다.

이곳에서 더위를 피해 다니다
사계절로 산다는 것의 의미를 알게 되었다.
새순으로 나와
무성하게 푸른 관절을 들어 올리다
잎을 물들이는 시간,

낙엽으로 몸을 떠나는 시간을.

한철 여름만 있는
이곳에서는
나무들이 나이테가 없다.
조락이 없어
인생의 가을을 알아채기 어렵다.

* 싱가포르의 초대형 인공 정원

수승대

추억으로 가는 길은 언제나 설렌다.

밤새 잠들지 못한 시간은
기억의 속지를 들추어
말랑하게 포장된 것들만 끄집어낸다
먼 시간을 달려
사투리로 인사를 건네는 가로수 길을 지나
수승대 가는 길
오늘은 그 초입부터
멱을 감고 나온 바람에
솔잎 냄새가 난다.

거북바위에 새겨진 시문은
흑백사진 속 그대로인데
돌담을 끼고 돌면
관수루* 지나 구연서원의 기왓장 사이로
헐겁게 드나드는 시간의 흔적만 보인다.

왜 기억은
나를 찍은 시간의 인화지 위에서만 뚜렷해지는지

가는 곳마다 물소리로 길을 여는데
물과 나무와 정자가 어우러진 이곳에서
헝클어진 마음 추스르며
오늘도 또 꽈리꽃처럼 부풀어
길을 나선다.

* 구연서원의 문루

통영에 가면

얼얼한 바람을 달래는
통영 앞바다에서
갓 씻고 올라 온 싱싱한 해를
검은 봉지에 담았다
도다리, 광어, 우럭처럼
몸을 뒤척일 때마다 번쩍이는 비늘에
봉지 속 손길도 바쁘다.

바다 쪽으로 문을 열어
파도 한 자락을 펼치면
속살까지 투명한 통영의 수심이 보인다
그곳에서
아직도 체온이 남아있는
싱싱한 웃음을
고추냉이 초장에 찍었다
싸한 통증이 혀뿌리로 퍼지자
미숙한 내 안의 부분들이
여객선이 흔드는 물살로 깨어난다.

바다가 밤새 몸을 씻는

통영에 가면
펄떡이는 도다리, 광어, 우럭처럼
나는 멀리서부터 출렁인다.

비 내리는 산책길

비 내리는 산책길은 한 폭의 수채화다
우산 위에서
낮은 음계로 두드리는 손길을 따라
물감을 풀면
가까이서 푸른 잎으로 채색된 가로수의
숨 고르는 소리가 들린다.

가던 길에서 고개만 돌리면
내게로 뻗은 가지들이 손을 내미는데
또닥이는 타악기는 멈추질 않고
가슴 깊숙이 묻어둔 독에는
숙성되지 않은 상처가
거품처럼 가벼웠던 시간들을 뒤 흔든다.

오후의 산책길은
그 길을 다녀간 바람들을 기억한다
청려장을 꿈꾸는 명아주도
대궁 속에 바람을 들여
허리를 굽혔다 폈다 한다.

\>

앞산을 싸고 돌던 안개의 밑둥이 드러나자
먼 곳까지 환히
축 처진 하늘을 들고 올라가는 구름까지 보인다.

대변항

대변항으로 가는 길엔
함지박마다 봄을 가득 담아 에누리 한다
잘 익은 딸기와 개구리참외들이
눈도장 찍어대며
호객행위를 하고
하얀 종아리 들어내고 있는 알타리 무와
진흙 밭에서 잔뼈가 굵은 쪽파들이
나른한 오후를 손질한다
방파제엔 기운 센 파도가 고를 외쳐대며
패를 돌리고 있다
덜 마른 오징어가
석쇠 위에서
몸을 뒤 트는 대변항엔
군데군데 그물을 털고 있는
멸치 떼
비릿한 바다를 풀어 놓는다.

하행 기차

비 내리는 퇴근길은 후줄근하다
기차에 오르기도 전
그는 흑백으로 나를 스캔한다
남루로 가리고 온
생각의 파편들도 훑으며 간다.

동해선 하행 기차에서
하루치의 희망이 저문다
일터에서
때로 마음 섞는 일이 돌밭 같아
와글와글 안으로만 들끓다
겉치레 웃음을 걸치고 돌아가는 길
아침에 지나온 길이
저녁에 낯이 선 이유를 묻는다.

동해선 기차는
눈앞에다 풍경화 화폭을 걸어두고 달린다
멀리 해안에선 파도가 소리로만 달려오는 길
내 안의 편견으로 굽어 있는
그 길을 펴며 기차는 달린다.

가을 산사에서

가을 산사에서 하루를 보낸다
산은 가을로 불타는데 절은 고요하기만 하다
해거름이 되자
어둠이 나무 밑에서 나와
산사를 감싼 뒤 경내를 덮고 있다
계곡 물소리가 적막을 흔들면
맞은 편 산이 받아서 적는다.

절은 천지가 어둠이다
발끝에도 채이는 이 어둠이
실은 적막강산을 지키고 있었다.

새벽, 찬 공기를 뚫고
세상을 깨우는 종소리가 울린다
깨어있는 자만이 들을 수 있다
그 소리는 깊고 넓어
내 안의 우주를 흔들어
세포 하나하나 비늘을 세운다.

바다가 보이는 전망대

청사포를 지나 구덕포 바닷길은
파도소리가 먼저 길을 연다
누구든 출렁이던 한때는 있는 법
저 바다는
뒤척이며 속살까지 들추어낸다.

사람들이 몰려 있는
다릿돌 전망대에서
바다를 배경으로 포즈를 취했다
"몸을 조금만 왼쪽으로 틀어 보세요."
자꾸만 오른쪽으로 기우는 내게
광대뼈가 드러나도록
왼쪽으로 자세를 틀어보란다
일면식도 없는 내게
역광을 우려해
그는 조금만 더 자세를 고쳐보라고 하지만
오른손잡이인 나는
왼손이 서툴다
왼쪽으로 도는 것이 불편하다.

당신들의 천국*

한하운의 전라도 길을
칠월 땡볕에 걸었다.

바다와 푸른 솔에 잘 헹구어진
소록도의 풍광은
'당신들의 천국'을 건설한
그들의 한 맺힌 낙원이었다.

한갓 전시관에만 진열된
얼룩진 역사를 더듬노라면
피울음 운 그들의 통곡 소리가
여기저기 들린다
평발로 걷기도 힘든 세상
천형의 짐을 진 채
더 낮아진 이들이여.
입으로만 한 사랑이라니
몸으로 사랑하는 그들 앞에서
온전한 육신이 부끄러웠다.

등줄기에 흐르는 땀을 훔치며

그곳을 나와서도
생각은 내내 한곳에 못 박혀 있었다.

* 이청준의 소록도를 소재로 한 소설 제목

달맞이 언덕 길

사월도 오기 전에
달맞이 언덕길에는
벚꽃나무 가지마다 팝콘을 튀긴다
은유의 언덕에는 봄이 바쁘다
해안선을 품고 있는 골짜기마다
잠이 덜 깬 나무들도
손가락 마디마다 물이 올랐다.

내가 이렇게 오르막을 견디는 이유는
인생의 내리막, 그 쓴맛을 알기 때문인데
양지에서 만개한 꽃들의 웃음 뒤에도
뿌리가 허공에 걸려
아슬한 그의 바깥을 견디느라
땀 흘리는 나무들이 있구나.

달맞이 언덕에는
봄이 되면
사람들이 고갯길 굽이굽이
팝콘처럼 부풀어
여기저기 셔트를 누른다.

\>

모두들
만개한 꽃들만 보고 간다
그들의 웃음만 찍고 간다.

미륵산

기억의 통로를 열어
통영 앞바다를 들추면
미륵산으로 가는 길이 환하다.

좁은 산길로
앞서가는 사람의 발자욱을 따라 걷다보면
헐렁해진 그 사람의 생각이 보여
단풍 든 자리, 벌레 먹은 자리마저 눈부시다.

정상까지 오르도록
미역냄새, 파래냄새가
온몸을 기웃거리는데
미륵산이 몸을 뒤척일 때마다
추도, 오곡도, 두미도 같은 섬들이 출렁인다.

지름길을 찾아
케이블카로 오를 수도 있지만
사는 것은 어차피 오르막 내리막을
관절 꺾으며 가야하는 길,
내 안의 산을 타고 넘어야 하는 길.

4부
스토커

스토커

마음의 방죽을 따라 걸으며
10센치의 '스토커'를 듣는다.

'빛나는 누군가를 좋아하는 일에
기준이 있는 거라면 – '
호소력 있는 남자 가수는
나를 붙드는데
내 기준대로 십대 아들의
스토커로 살아온 날들을 돌아본다.

하루에도 몇 번 씩
마음의 모서리를 깎으며
'나는 아무 것도 할 수 없고
바라만 보는 데도
내가 그렇게 불편할까요.'
내 맘처럼 노래하는
남자 가수의 노랫말을 읊조린다.

사춘기인 아들은
자기 식으로 세상에 말을 거는데

갱년기인 나는
낯선 문맥에 막혀 배회하다
어렵게 회전문 하나를 통과하는 중이다.

기다리는 나무

조랑조랑 내 말을 받아 적던
어린 나무의
여린 잎을 본다
그곳엔 언제 자랐는지
이두박근 근육이 돋았다.

그때를 더 이해하기 위해
그들의 언어를
배우기로 한 날부터
나는 갱년기여서
사춘기의 행동이 못마땅했지만
하고 싶은 말을 목으로 넘길 때가 많았다.

흐른 시간만큼
내 몸엔
묵은 시간의 나이테가 쌓여
한나절 여름 땡볕을 가려 줄만큼
그늘이 깊어졌지만
시간은 나만 보낸 것이 아니어서
무성한 나뭇잎을 달고 있는 너를 본다.

>

나무를 키우는 것은
햇빛이나 눈비만이 아니구나
시간이라는 스승이 있었구나
이젠 넉넉한 그 그늘에
잠깐 쉬어가도 되겠구나.

사람들은 저마다 색깔이 있다

사람들은 저마다 색깔이 있다.
검은 색에 익숙한 나는
모든 것을 잘 흡수한다.

이것도 내림인지
어깨가 뼈근해지도록
가족들 끌고 오신 어머니
가무댕댕하고
부지런한 오라버니
사철 가무끄럼 하며
도회지에서 시집 온 올케는
늘 창모자 쓰고도
가무잡잡 하고
화장발로도 가려지지 않는 나는
가마노르께 하다.

식욕 좋으신 어머니
이것저것 드신다
가무숙숙한 보리밥으로
반평생 나시고

가마번지르한 세월
틀니로 드신다.

갈지자로 걸어가는
가무칙칙한 세상에 삿대질 하다
식탐이 많은 나는
가마푸르레한 음식들
고추장으로 무친다
하루를 내 식으로 비빈다.

안부

냄비처럼 쉽게 달아오르는 나를 두고
지긋이 뚜껑을 덮어 두라고
주문처럼 그는 왼다.

내가 하는 모든 일에
양념 같은 추임새를 넣어주던 아이들은
내 키보다 훌쩍 자라
풍선처럼 부풀었던 시간들을
빠져나가는데.

여름을 벗어 놓고 간
아이들의 옷가지를 빨며
기쁨아, 희망아
빈 방마다 이름을 불러 본다
헐렁해진 품을 만져본다.

폭포사의 봄

폭포사에 오르니
한 곳에 뿌리내린 이웃들이
화르르 웃고 있다
진달래, 버드나무, 사스레피나무
툭툭, 나를 건드리며 오르는데
내 몸은 오래된 줄기였는지
피가 잘 돌지 않아
물오르는 생가지만 쥐었다 폈다 한다.

어린 순들이
엄마, 엄마를 찾는다
앞서가던 아이도
엄마인 나를 찾는다
묵은 집처럼 나는
나를 비운지가 너무 오래 되었다는 것을
이곳에 와서야 알았다.

여기저기
와자한 어린 것들의 웃음소리
봄 산은 생기로 넘친다.

밤의 기억

밤이 되면 아파트가 부풀어 오른다.
따뜻한 밥상 앞에서
찌개처럼 졸였던 생각이나
파김치 된 하루를 풀어놓으면
지지배배 지저귀는 아이들
네편 내편
엄마인 나를 끌어들이고
나는 품이 너른 옷자락이 된다.

양념삼아 올렸던 얘기인데
짭짭 입맛까지 다시며
맞장구쳐 주는구나
오늘은 너희들이 상수上手가 되고
나는 하수下手로 바둑판을 접는다.

하루가 빠져나간 자리
그 구멍 속으로 들어가
악기가 된 아이들
푸우푸우 내공을 쌓고 있구나
기척도 없이 잠이 든 아이들의
머리맡을 다녀 나오면
어둠 속에서도 방 한쪽이 환하다.

오래 된 집

— 어머니

나무 등걸처럼
휘어진 세월을 붙들고
내 이름을 부른다.

오래 된 기억들만 밝혀 놓은 집
어제와 오늘이
깜박깜박 졸고 있는 집
그 집이
무력하게 주저앉아 나를 부른다
아가 아가
잠귀 어두운 내 방을 흔들어 깨우는데
꿈속에서도
중심을 잡으세요, 어머니
몸을 뒤척이다
기우뚱 나도 중심을 잃었다.

알약 몇 알로
깜박깜박 졸고 있는 저 집을
깨울 수 있을까
나를 낳아주고 길러 냈던 집이

오래된 기억들만 붙든 채
한순간도
헐렁하게 나를 놓아주지 않는다.

아버지

나에게는 낯선
한 번도 소리 내어 불러 본 적이 없는
눈발 날리는 증명사진 속에서만
앉아 있는 당신,
내 추억은
당신 봉분 앞에서만 머뭅니다.

어린 시절
소 먹이던 뒷산이나 등굣길에
아이들이 농담 삼아 던졌던 말이
돌부리가 되기도 하고
생채기가 되기도 해서
기침처럼 토해냈던 아버지.

새파랗게 올라오는 고집을 누르며
교과서 속으로 난 길만 걸었지요
누군가 나를 보다
없는 아버지를 읽어 내면
그 아버지가 너무 힘 드실 것 같아.

>
'엄마' 하고 매달리는 저녁상 앞에서
나도 누군가의 팔에 매달리고 싶었지만
그곳엔
내가 들어야 할 한 동이의 생이
얼비추고 있습니다.

분신

이제 막 한글을 깨우치는 아이가
가갸거겨 혀 꺾이는 소리를 한다
아야어여 닦달하면
혀가 짧아 반 음절씩 읽어 내린다
하루 종일 너는
물음표만 찍어대고
나는 느낌표로 눈높이를 맞추지만
애야, 사는 것은
쉽게 읽어내는 문장이 아니란다
솔방울처럼 구르던 웃음이
벌써 나의 내심을 읽었는지
안색을 살핀다
내가 몸이라도 아프면
나보다 먼저 젖는 아이.

아이와 기차놀이를 한다

어린 희망이와
기차놀이를 한다
저만치 서서 내가
침목처럼 엎드리자
장딴지 흔들며 달려와
나를 딛고 길을 내는구나
내성슈퍼 지나 백성세탁소 지나
신이 난 듯 뜀박질 하는 돌계단을 붙들고
나는 가로수가 되어 버티고 선다.

내가 지나간 역에서
너는 하루 종일 해거름만 기다린다
오늘도 되돌이표 찍으며 들어서면
조랑조랑 글 읽는 소리를
몇 줄의 공책이 받아낸다
골마루를 슬쩍 추켜 주자
신이 나서 더 으쓱이는 아이.

오늘도 나는
우리집 희망이와 기차놀이를 한다.

고백

그대에게 가는 길목에는
팬지꽃이 가득하다
화단마다 날개를 흔들며
무덕무덕 포개 앉은 자리
춘삼월 봄바람에 그도 잎을 달았는가.

그가 열어주는 문으로 들어가
마음의 빈 방으로 불렀다
불을 피우지 않아도
시보다 따뜻한 마음을 열어주는구나
새잎을 달고 싶어 안달할 때나
청사포 파도소리를 집으로 들여도
배경이 되어 주는 이여.

그가 머문 생각마다
꽃자리가 환해
그를 기다리는 시간은 아직도 설렌다.

횡설수설
― 성대 수술을 받고

내 말은
몸속에서 몇날 며칠 잠만 잔다
깨어서도 잠자고
밤에도 잠만 잔다
알약 한 알을 넣어
신경을 건드리면
몸이 가렵다
세포마다 문을 열고
웅성거리고
갇혀 있는 말들이
깜짝깜짝 나를 긁고 있다
그 사람을 들여다보는
절반은 언어인데
남은 절반 몸짓으로 말을 한다
너무 오래 갇혀
햇빛보지 않은 말들이
어지럼증으로 횡설수설 한다.

어머니

깊게 묻어 둔 그리움은
덮어 둘수록
젖은 목소리가 묻어 나온다
왁자한 사람들 속에서도
나를 알아채는 그림자가 있다.

당신의 시린 손을 잡으면
마른 감잎 같아
명치끝이 아렸지만
그땐 머리로만 받아 적었다.

수척한 밤은
당신의 굽은 기억을 묻고
모진 세월의 강을 건너가신
어머니

깊게 묻어둔 그리움은
덮을수록
늘 젖은 목소리만 묻어 나온다.

미나리

논 귀퉁이 습지에서
가슴시린 이야기를 캤다
전 부치고, 생채로 무쳐도 좋을 푸성귀를
삼겹살 구어 불룩하게
쌈을 싸 먹는다
입안 가득 봄기운이 퍼진다
잘 먹은 저녁 쌈이 몸 안에서
사무치는 그리움의 피로 돌아
아득한 곳에서 퍼올리는 목소리 듣는다.

줄기를 숭숭 썰어 던져도
뿌리 내릴 물만 있으면
거머리가 들러붙어 몸속을 헤집어도
파랗게 일가를 이룬단다
물웅덩이 옆 미나리꽝에서
젖은 생을 헹구시던 어머니
지친 몸을
미나리꽝이 내려다보이는 언덕에서
긴 시간을 베고 누우셨다.

내비게이션

오래 묵혀 둔 지도책을 펴자
낯익은 지명들이 걸어 나온다
손금처럼 빼곡한 도로선을 보며
마음 급한 나는
내비게이션을 켰다

스무살 혼돈의 시간을
공터를 배회하는 바람으로
펄럭일 때마다
어깨를 내어줬던
숙이, 옥이, 순이로 끝나는 이름들
그들과 더불어 칠암동 캠퍼스에서
철이 들었다.

일상의 옷을 걸어두고
나를 깨웠던 시간이 있는 그곳으로
가는 길은 몸도 가볍다
뻔한 길을 두고
두르고 둘러서 만나게 된 이름들
더러는 시간을 질러 온 친구도 있고

더러는 이력을 말하지 않아도
그윽한 향내로 그 깊이를 알 것도 같다.

이렇게 낯익은 지명이
그대들을 만나는 정거장이 되었다니
30년 간극이 한나절 같아
우리들의 시간은
아침이 되도록 저물지 않았다.

족보를 펼치다

김영 김씨 집 족보를 펼쳐들고
김씨 가문을 배우다
근엄한 조상님들 옆
모씨 부인으로만 살다 가신
할머님들의
희미한 지문을 더듬어 본다.

시집가면
그 집에서 뼈를 묻어야 하느니
수절하신 어머니의 얘기가
아프게 탁본되는 밤
두꺼운 족보 책 한 장을 넘기니
실은 몇 대의 조상님들이 덩달아 넘어가는데
부계父系로 이어지는 번창한 자손 틈에
여자들의 시집살이 한 평생은
짧은 세로 줄에 갇혀있음을 본다.

이름 석 자 없이
모씨 부인으로만 살다 가신 분들의
그 희미한 지문을 더듬다보면

베 짜는 소리
물 길어 나르는 소리
광목에 풀 먹여 다듬질 하는 소리가 들려
충의공파 28세손으로 가는 페이지를
번번이 놓치게 된다.

삶이 아름답고 단단하게 여물어 가는 글들
― 윤경 시인의 시집『목련은 골목을 품는다』를 위하여

김정자 문학평론가·시인·부산대명예교수

삶이 아름답고 단단하게 여물어 가는 글들
— 윤경 시인의 시집 『목련은 골목을 품는다』를 위하여

김정자 문학평론가·시인·부산대명예교수

1.

윤경 시인은 나의 대학원 제자이다. 그는 평소에 늘 조곤조곤히 삶을 살아가는가 하면, 한편으로는 치열하게 삶을 살아가는 부지런하고 열정적인 양면성을 가진 사람이다. 목소리 한 번 크게 내지 않으면서도 수없이 많은 일들을 해내는 일꾼으로, 자격증만 해도 여러 개를 획득한 야심꾼이라고 할 수 있다.

그의 시들을 읽어내면서, 나는 적잖이 놀라게 되었다. 시를 참 잘 쓰는 시인이라는 생각을 하면서 기쁘고 대견스러웠다.

2. 자연과 삶이 한데 어우러지는 곳

그의 시에서는 자연이 곧 그의 삶의 터전이고 유년의 추억이 된다. 어린 시절 농촌에서 자란 유년시절은, 윤 시인이 인생의 쓴맛을 견디어 낼 수 있었던 토양이 되어 주었고, 삶을 아름다운 봄날로 느낄 수 있는 깨달음의 근원이 되었다고 할 수 있다.

삼월 봄바람에
맨살 트는 나무들을 본다.

한 뼘 햇볕만 겨우 들인 빈터에는
솜털도 벗지 않은 쑥이
몸을 떨고 있다.
입술까지 파랗다
왜 어린 것들은 푸성귀마저도
엄마만 찾는가
쑥을 캐려고 헤집던 손은
저녁 해거름만 기다리던
어린 시절이 얼비쳐서
낙엽 몇 장 긁어 북을 주고
돌아선다.

내 몸에서
어린 시절을 끄집어내면
산과 들을 다니며
쑥물 든 봄이 따라 나온다
쑥국, 쑥털털이, 쑥인절미
그 쌉소롬한 쑥이 봄나물 맛이라면
내 인생은 지금이 봄이다
쓴맛도 오래 머금어 봐라
그 끝맛은 달다
ㅡ「쑥 이야기」 전문

윤 시인에게 있어, 자연이란 삶의 한 부분이고, 여물어가는 자신의 생의 터전으로 언제나 함께 있는 시간과 공간의 의미를 내포하고 있다. 산골 농촌에서 자라던 유년시절, 산과 들을 쏘다니며 쑥을 캐던 추억은, 봄날의 쌉소롬한 맛과 봄 냄새와 함께 시인의 인생으로 녹아 있다. 쓴맛을 오래 견디어 낸 삶은 어느덧 달콤한 맛으로 채워진다. 지금이 인생의 봄이며 꿀맛 같은 달콤함으로 느껴진다는 것이다. 쓴맛을 오래 머금으면 어느새 달콤함으로 변한다는 것이 그의 생에 대한 판단이다.

　　조랑조랑 내 말을 받아 적던
　　어린 나무의
　　여린 잎을 돌아본다
　　그곳엔 언제 자랐는지
　　이두박근 근육이 돋았다

　　그때를 더 이해하기 위해
　　그들의 언어를
　　배우기로 한 날부터
　　나는 갱년기여서
　　사춘기의 행동이 못마땅했지만
　　하고 싶은 말을 목으로 넘길 때가 많았다

　　흐른 시간만큼
　　내 몸엔

묵은 시간의 나이테가 쌓여
한나절 여름 땡볕을 가려 줄 만큼
그늘이 깊어졌지만
시간은 나만 보낸 것이 아니어서
무성한 나뭇잎을 달고 있는 너를 본다

나무를 키우는 것은
햇빛이나 눈비만이 아니구나
시간이란 스승이 있었구나
이젠 넉넉한 그 그늘에
잠깐 쉬어가도 되겠구나
   —「기다리는 나무」전문

　나무를 키우는 것은 햇빛이나 눈비만이 아니다. 시간이라는
스승이 넉넉한 그늘을 만들고 무성한 잎들을 채워 그 그늘에 누
구든 쉬어갈 수 있게 한다. 시인의 시간에도 묵은 시간의 나이테
가 쌓여 그늘을 만들고, 한나절 땡볕을 가려주는 삶으로 살게 됨
을 깨닫는다. 자연은 윤 시인에게 있어, 단순한 관람의 세계가
아니라 그것을 통해 생의 의미를 반추하게 되는 사유와 깨달음
의 공간이 된다. 그래서 그는 그 공간에서 잠시라도 쉬었다 가고
싶다.

　맨몸으로 서 있는 저 나무는
　한 곳에 서서

비바람을 몸으로 맞았는지
제 살 속에 삶의 이력이 읽힌다.

생각의 밑축을 뚫고
어둠 속 깊숙이 뿌리를 파고 들면
캄캄한 곳에서도
길을 내는 눈이 있다
꽃피던 시간을 지나
열매의 기억을 넓혀가면
추위 속에서도 맨살로 버텨
시퍼런 실핏줄 위로 새봄이 글썽인다.

겨울은
세상의 시선을 내려놓는 시간,
내일을 위해
가지마다 걸린 하늘을
몸 안으로 들여와 자리를 넓힌다.
　－「나목」 전문

　맨몸으로 서 있는 나목은, 꽃 피던 시절을 지나 열매를 맺고,
다시 겨울 추위 속에서 맨살로 버틴다. 세상의 시선을 다 내려놓
고 가지마다 걸린 하늘을 몸 안으로 들여와 생의 자리를 넓히는
단단함으로 비껴 서 있다.
　겨울이 오면 나무는 잎을 모두 떨구어 내고, 겨울을 지낼 준비

를 한다. 잎이 떨어진 자리마다 두꺼운 외투로 감싸 안 듯 몇 겹의 막으로 둘러 싸 안고, 추운 겨울을 견뎌 내며, 따뜻한 봄이 올 날을 기다린다는 것이다.

헐벗은 듯 맨살로 버티는 나목에게서 우리는 그의 슬기롭고 갸륵한 자세를 배우게 된다. 내일을 위해, 새봄의 감동스런 얼굴을 만나기 위해 추운 겨울을 견뎌 내는 나목을 위하여 시인은 아름다운 기다림을 읽어낼 수 있는 것이다.

3. 여행, 그리고 지나간 날들에 대한 그리움

백봉령 지나
정선의 아리랑 고갯길을
구불구불 넘는다
아우라지 전설처럼
지키지 못한 약속을 붙들고
스물 몇 해 만에 그곳을 찾았다

한 밤 길 잃은 여행객을
따뜻한 군불과 고봉밥으로 맞아 주었던
정선 아우라지,
큰길에서 오른쪽으로 꺾은
감나무 집 그 이장님 댁은
내 기억 속에서만 존재할 뿐

골목마다 낯이 설다
양옥집으로 바뀐 저 집인지
나무 대문 걸어 둔 저 집인지
스물 몇 해 전
낯선 여행객에 큰방을 내어 주셨던 이장님은
세월을 이길 수 없어
지금은 안주인만 계시다는데
출타 중이신지 인기척이 없다

너무 늦게 빚 갚으러 간 여행객은
빈 집만 두드리다 발길을 돌린다.
— 「정선 아우라지 추억」 전문

　시인은 스물 몇 해 만에 다시 찾아온 정선 아우라지에서, 그 옛
날 따뜻한 군불과 고봉밥으로 맞아 주었던 감나무집 이장님 댁
을 찾는다. 하지만 이장님 댁은 추억 속에서만 존재할 뿐 양옥집
으로 변한 집에는, 세월을 이기지 못한 이장님은 안 계시고, 지
금은 안주인만 계시단다. 출타 중이신지 인기척이 없고, 빈 집만
우두커니 남아 있다. 스물 몇 해 전 나그네를 따뜻하게 맞아 주었
던 사람들은 없고, 인기척 없는 빈집만 나그네를 맞이할 뿐이다.
　세월은 무심히 흘러가고, 그 옛날 따뜻한 인정의 추억만 남아
있는 곳에서 헛헛하게 발길을 돌렸던 정선 아우라지의 기억을
반추한다.

이른 새벽부터 바다는
싱싱한 지느러미를 뒤척이며
물질하고 있었다.
밤새 썰물이 다녀간 자리에
물새와 사람들 발자국이
화석처럼 박혀 있어
나도 잊혀지지 않은 이름을
모래 위에 적는다

겨울 바다는
울컥울컥 지나간 시간들을 토해낸다
폐부 깊숙이 묻어둔 여름의 흔적들을
모래톱에 게워내고
저 혼자서 그 상처를 쓰다듬고 있다

한낮이면
바다를 끼고 도는 레일 바이크나
해상 케이블로 저 바다를 가로지를 수 있겠지만,
용화 정거장을 지나
나는 천천히 걸어서 아침을 맞고 싶었다.
　　－「삼척 용화, 겨울 바다」 전문

　울컥울컥 지나간 시간들을 토해내는 겨울 바다. 천천히 걸어
서 용화 정거장을 지나 아침을 맞고 있다. 밤새 썰물이 지나간

자리에 물새와 사람들 발자국이 화석처럼 박혀 있어, 잊혀지지 않는 이름들을 모래 위에 적어본다.

바다는 폐부 깊숙이 묻어둔 여름의 흔적들을 모래톱 위로 게워내고 혼자서 상처를 쓰다듬는다. 상처란 어쩌면 오래 묵혀둔 추억 속의 흔적들일 테다. 바다가 추억 속의 흔적들을 반추하는 동안 깊어가는 삼척 용화리에서 하룻밤 겨울밤을 지나, 쌩한 겨울 아침의 차가운 신선함을 맞이하고 싶은 시인이다.

내 기억은 곡선으로 꺾인다
모퉁이를 돌아
몸속으로 길을 넓혀가면
거기, 익숙한 풍경이
환하게 나를 끌고 간다

생시처럼 투명한 꿈속에서
퍼즐을 맞춘다
헐거운 시간의 빈 칸을 메우자
붉은 상처였던 모서리가 둥글게 몸을 펴고
한 번도 의식한 적 없는
내 안의 무늬들이 일어서서
나를 끌고 간다

자주 뜨끔거리던
날 선 편린이 있었던가

그마저 이제 둥글어지고 있다.
이렇게
내 기억은 곡선으로 꺾여
두근거리는 잎을 달고
달디 단 추억으로 가는
그 시간을 통과 중이다.
　-「내 기억은 곡선으로 꺾인다」전문

　기억 속으로 생을 반추해 본다. 날 서고 뜨끔거리던 상처였던 모서리가, 둥글고 편하게 몸을 편다. 내 안의 기억들은 곡선으로 꺾여, 다디 단 추억으로 나를 이끌고 간다. 기억의 모서리를 돌아가면 나는 언제나 추억 속에서 환하게 나를 이끄는 시간들을 만나고 행복해진다. 추억 속에서는 날 선 편린들도 둥글어지고 그로 하여 나의 내일들은 따뜻한 미래의 날들과 조우하게 되리라 믿는다.

　몸을 반쯤 열고 서 있는 그는
　절집처럼 고요하다
　수런거리는 골목마저
　산기를 느끼는지
　깊은 숨을 몰아쉬며
　몸을 풀고 있다
　힘겹게 하늘을 받아내고 있다

봄볕 속으로 쏟아져 나온
꽃들의 웃음소리
가지마다 옥양목 한 마씩 감고 있어
골목이 와자하다
낯가림하는 꽃의 속살들은
엄마, 엄마만 찾아
젖도 돌지 않는 몽오리를 물리고 있다

봄이면
들썩이는 골목길을
목련이 언뜻
먼저 품는다.
  - 「목련은 골목을 품는다」 전문

  몸을 반쯤 열고 피어나는 목련은, 골목을 수런거리게 하며 깊은 숨을 몰아쉬고 있다. 힘겹게 하늘을 받치고 봄볕 속으로 쏟아져 나오는 꽃들의 웃음소리, 하얀 옥양목 한 마씩 감고 골목을 와자하게 채우는 꽃망울로 터져 나올 듯하다.
  봄이면 골목길을 들썩이며 목련이 피어나, 꽃의 속살들엔 마디마다 봄볕이 가득하다. 시인은, 목련 피어 나 웃음 소리 그득한 생의 이야기를 듣는다.

  폭포사에 오르니
  한 곳에 뿌리 내린 이웃들이

화르르 웃고 있다

진달래, 버드나무, 사스레피나무

툭툭, 나를 건드리며 오르는데

내 몸은 오래 된 줄기였는지

피가 잘 돌지 않아

물오르는 생가지만 쥐었다 폈다 한다

어린 순들이

엄마, 엄마를 찾는다

앞서가던 아이도

나를 찾는다

묵은 집처럼 나는

나를 비운지가 너무 오래 되었다는 것을

이곳에 와서야 알았다

여기저기

왁자한 어린 것들의 웃음소리

봄 산은 생기로 넘친다

  －「폭포사의 봄」 전문

  생기로 넘치는 봄산, 아이들의 웃음소리처럼 툭툭 터져 나오
는 어린 순들의 밝은 모습. 시인의 마음 또한 아름답고 생기 가
득하다. 윤 시인은 이처럼 자연을 바라보는 시선 또한 언제나 밝
고 명랑하다. 세상을 향하는 따뜻한 마음은, 폭포사에 올라 있음

에도 자연의 왁자한 웃음소리를 듣게 된다.

　어린 것들의 웃음소리처럼 봄산은 생기로 넘치고, 나 자신을 비워 낼 줄 아는 시인으로 거듭나고 싶어하는 소망으로 가득하다.

　　　가을 햇볕이 낙엽 위를 걷는다
　　　까치발인지
　　　바스락 소리가 가볍다
　　　불타는 가을 산은
　　　콩 볶는 냄새처럼 구수해서
　　　자꾸만 차창으로 따라오는 산들을
　　　눈으로 데리고 간다

　　　바람의 언덕으로 가는
　　　태백의 삼수령 고갯길을 힘들게 오르니
　　　자작나무 은갈치처럼
　　　비늘을 번쩍인다
　　　높은 곳에 오를수록
　　　자신에게 엄격하라는 죽비 같아
　　　한 번도 수직 상승해 본 적은 없지만
　　　등이 따갑다

　　　매봉산 능선엔 고랭지 채소들이 떠난
　　　빈터가 스산하다
　　　누가 내리막길이 편하다고 했는가

삼수령三水嶺에서

한 방울 빗물의 방향성을

고민해 본 적이 있는가

북류하지 못할 바엔

황지천을 따라 남류하여 내가 사는 낙동강으로 갈까

차라리 오십천을 따라

낯선 물길이 길을 낸 청정 동해로

몸을 섞어 흐르고 싶다

세상의 때 불려

말갛게 씻어 나오고 싶다.

　－「삼수령三水嶺에서」 전문

　삼수령三水嶺이라 함은, 낙동강 오십천의 분수령이 된다. 이곳의 빗방울이 한강을 따라 황해로, 낙동강을 따라 남해로, 오십천을 따라 동해로 흘러가도록 하는 분수령이라 하여 삼수령이라 불리운다. 일명 '피재'라고도 하는 이곳은, 백두대간이 통과하여 낙동정맥의 출발점이 된다. 물이 3개 방면으로 갈라지게 되는 곳이라 하여 삼수령이라고 하는데, 이곳에 오면 국토의 세 뿌리가 갈라지는 곳이라 절묘한 감상에 젖게 된다.

　시인은, 가을볕이 눈부신 날 삼해로 물길을 가르는 분수령에 와서 바람 무성한 낙동정맥의 출발점을 통과한다. 오십천을 따라 청정 동해로 갈까, 낙동강을 따라 남해로 갈까, 한강을 따라 황해로 갈까, 3개 방면으로 흩어져 흘러내리는 국토의 절묘한 분수령을 체험하게 된다.

4. 삶은 소박한 사유들로 넘친다

속이 비어있는 것들은
조금만 두드려도
텅텅 소리가 난다는데
생각을 비워내
빈 독으로 흔들릴 때에도
그는 맑은 소리를 낸다
세상의 가시들 주저앉히지 못해
갈피마다 상처로 캄캄할 때에도
품을 벌려
세포마다 불을 밝힌다
햇빛과 바람만 버무려도
뭉근하게 맛이 있는 독이여.
그렇게 스며들고 싶다 나도.
오늘은
그리움이 잘 숙성된 음표들이
입 안 가득 고여
파라파라 피리를 분다.
　－「빈 독」 전문

　그는 무심하고 소박한 삶의 터전에서 잔잔한 진실을 깨닫는다.
속을 비운 '빈 독'에서 뭉긋한 삶의 향기가 번져 바다 냄새도,
바람 냄새도, 맑은 삶의 냄새도 난다. 세상이 가시로 얽혀 갈피

갈피 상처로 캄캄해져도 빈 독은 세포마다 불을 밝힌다. 햇빛과 바람이 버무려져 빈 독은 뭉근하게 맛이 익어, 그렇게 스며들 듯 인생을 살고 싶다. 빈 독에는 잘 숙성된 그리움이 가득하다. 입 안 가득 고인 음표들에 맞추어 피리라도 불고 싶어진다.

    창을 열어 둔 날이면
    순한 눈빛의 활자들이
    부풀어 오른다
    오늘도 바다 내음이
    바람보다 먼저 왔는지
    싱싱한 웃음으로
    어깨를 흔들며 책장을 들춘다

    책 갈피마다
    인기척만 있어도 간지럼 타서
    은유로 몸을 흔드는 글자들
    목젖까지 보인다

    동화책을 읽으면
    마음에 군불을 지핀 것 같아
    나이의 아랫목까지 따뜻하다.
    ―「동화책은 군불을 지핀다」 전문

동화책을 읽으면, 마음에 군불을 지피는 것 같이 따뜻해진다.

책갈피마다 순한 눈빛의 활자들이 부풀어 올라 싱싱한 웃음으로 삶을 흔들어 깨우는 동심의 세계, 그 세상에 들어서면 바람보다 먼저 온 듯한 바다 내음과 싱싱한 웃음들이 어깨를 흔들어 댄다. 동화책은 맑은 동심의 세상에서, 따뜻한 아랫목에 배를 깔고 엎드려 누운 것 같이 마음을 포근하게 만들어 준다.

시인은, 작은 동화책 한 권에도, 속을 비운 빈 독에서도, 봄 산의 툭툭 터지는 어린 순들 같은 것에서도 따뜻한 세상을 발견하고 기뻐하는 온유한 심성을 가지고 있다.

길이 들지 않은 프라이팬 위에서
고등어가 몸을 뒤집는다
껍질과 뼈의 살이
바닥에 엉겨 붙어
서로를 간보고 있다

푸른 바다를 들이키던 그에게
먼저 입단속을 시켰다
굵은 소금으로 염장을 질렀지만
중심이 무너지면
다 무너지는 거라고
그는 흰 뼈를 붙들고 뜨거운 바닥에서
몸을 뒤집고 있다

서로 보는 방향이 다른 둘이

생각을 섞는 일은 아프다
살은 살대로 뼈는 뼈대로
바닥이 달구어질수록 쉽게 해체된다
조합되지 않는 마음만 달가닥거린다.

　－「고등어」전문

　시인은 범상한 생활에서 삶의 진리를 깨닫는다. 굵은 소금으로 간을 보았지만 껍질과 뼈의 살이 바닥에 엉겨 붙어 서로를 간 보고 있는 것이다. 뜨거운 바닥에서 몸을 뒤집고 있는 뼈와 살은, 서로 보는 방향이 다른 채로 생각을 섞는 일이 얼마나 아픈 것인지를 생각하게 한다. 바닥이 달구어질수록 쉽게 해체되는 그들은 그냥 조립되지 않은 채 달가닥거릴 뿐임을 깨닫게 된다.

　고등어를 구우면서도, 서로 보는 방향이 다른 실체들은 끝끝내 화합하지 못할 것임을 안타까워 한다. 그는, 이처럼 일상을 예사로 넘기지 않고 조용히 사유하는 눈을 지니고 있다.

상추의 여린 잎이
봄 햇살을 만진다
솜털마저 얼비친다

언 땅을 헤집고 올라온
쑥이며 냉이도
양지에서 자리를 펴고 앉았다

겨울 동안
추위보다 이파리 떨어진 외로움이
더 큰 상처로 남은 자리를
봄바람이 포대기 되어 감싸 안는다

아픔은
견디는 것이 아니라
성숙할 때까지 숙성하는 것
세상의 가장 낮은
땅에서는
씨앗의 위대한 잠언을 낭송 중이다.
　　　　－「봄날」 전문

　새순이 언 땅을 헤집고 돋아나는 봄날이다. 겨울 동안 차가운
상처로 외로움을 겪었던 쑥이며 냉이들을 흥건한 봄바람이 감싸
안는다. 만유의 생물들은 성숙할 때까지 아픔을 함께 견디며 자
라난다. 세상의 가장 낮은 땅에서, 씨앗들은 위대한 잠언을 낭송
하듯 양지에서 자리를 잡고 올라온다.
　추위와 외로움으로 겨울 동안 상처로 남아 있던 풀 포기의 새
순들이, 포근한 봄바람으로 숙성하는 모습을 시인은 기쁘고 조
용한 자세로 바라보고 있다.
　이처럼 무심하고 소박한 일상을 예사로 넘기지 않는 것이, 윤
시인의 범상한 사유의 본질이라고 할 수 있다.

아이를 낳기 전에는
시를 아이처럼 낳고 싶었다
나를 쏙 닮은
어설프지만 정이 가는 시
온몸으로 키우고 싶었다.

이젠 내 아이가
나를 맑게 해 준다
시를 몰라도
몇 마디 언어로 울고 웃는
기쁨아, 희망아
그들의 눈높이로 자란다. 나는

어머니의 마디 굵은 손과
관절염으로 힘겹게 내리 딛는 세월이
아프지 않았는데
아니다 이젠 아니다
내 아이가 나를 철들게 했다
조바심 나는 보폭으로
하루를 따라가지 않으면
마음이 불편했는데
이젠 아니다
욕심 없는 아이들이
나를 비워냈다

내 아이가 나를 철들게 했다.

    – 「내 아이가 나를 철들게 했다」 전문

  아이를 키우면서 우리는 어머니를 마침내 깨닫게 된다. 관절염으로 힘겹게 내리딛는 어머니의 발걸음이 아프지 않았는데, 이젠 그 아픔이 연민과 그리움으로 다가온다.

  생명을 잉태하고 탄생시킨다는 것은 이 세상에서 가장 위대한 일이라고 할 수 있다. 아이를 키워보니, 내 어머니가 어떠한 애착과 사랑으로 나를 키웠는지를 비로소 이해하게 된다. 그래서 우리는 비로소 철들고 성숙한 인간으로 다시 태어난다.

  시 또한 어설프지만 나를 빼닮은 모습으로 낳아, 온몸으로 정성드려 키우고 싶은 열망으로만 차 있었다. 몇 마디의 언어로도 울고 웃는 시는, 저절로 만들어지는 것이 아니라는 것을 아이를 키우면서 깨닫게 되었다.

    깊게 묻어 둔 그리움은

    덮어 둘수록

    젖은 목소리가 묻어 나온다

    왁자한 사람들 속에서도

    나를 알아채는 그림자가 있다

    당신의 시린 손을 잡으면

    마른 감잎 같아

    명치끝이 아렸지만

그땐 머리로만 받아 적었다

수척한 밤은
당신의 굽은 기억을 묻고
모진 세월의 강을 건너가신
어머니

깊게 묻어둔 그리움은
덮을수록
늘 젖은 목소리만 묻어 나온다.
― 「어머니」 전문

이처럼 어머니에 대한 그리움은, 매양 느끼는 바이지만 이 세
상에 존재하는 어머니가 아니다. 이 세상에 어머니의 부재함을
깨달을 때 비로소 엄청난 폭으로 우리를 그리움과 후회스러움으
로 가득 채우는 어머님이시다.
　굽은 기억으로 묻고, 모진 사바의 강을 건너가신 어머니, 젖은
목소리로만 묻어오는 어머니를 기억할 뿐이다.

4. 나가면서

　윤경 시인의 시들은 얼핏 쉬워 보일 수는 있다. 그러나 그의 시
들의 평범한 듯 잔잔한 토운과 표현은 그리 쉽게 해명되어지는

것이 아니었다.

그의 시는 몇 번이고 곱씹어 보아야지만 그 맛을 알 수 있었다. 어느 시인의 말처럼 '자세히 보아야 알 수 있'는 시라고 보아야 했다. 자연과 삶이 한데 어우러지는 곳에 시의 말들이 도사리고 있었고, 여행을 하더라도 그 속에 깊숙이 박혀 있는 그리움과 아픔들을 이해해야만 비로소 그 의미의 오묘함이 드러났다.

목련 환하게 피어나는 골목길 가득히 봄의 수런거림을 알 수 있었고, 폭포사 가는 길에서도 왁자하게 퍼지는 아이들의 웃음소리를 들을 수 있어 생기 넘치는 생명의 소망들이 충만했다.

그의 시에서는 삶은 소박한 사유들로 그득했고, 프라이팬에 고등어를 굽는 시간에도 조용히 사유의 촉수를 늦추지 않는 것을 알 수 있었다.

이제 윤 시인은, 생명을 탄생시키듯 조용하고도 탄탄한 발걸음으로 시의 세계를 향해 나아갈 것을 믿으며 이 글을 끝맺으려 한다.

윤경 시집

목련은 골목을 품는다

발　　행 2022년 7월 20일
지은이 윤 경
펴낸이 반송림
편집디자인 반송림
펴낸곳 도서출판 지혜
주　　소 34624 대전광역시 동구 태전로 57, 2층 도서출판 지혜 (삼성동)
전　　화 042-625-1140
팩　　스 042-627-1140
전자우편 ejisarang@hanmail.net
애지카페 cafe.daum.net/ejiliterature

ISBN : 979-11-5728-479-5　03810
값 11,000원

윤 경

윤경 시인의 경남에서 거창에서 태어났고, 부산대학교 대학원 국문학과(석사)를 졸업했다. 1993년『심상』신인상 등단으로 등단했으며, 시집으로는『높이 올라간 것은 가볍다』가 있고, 현재 '마루'동인으로 활동하고 있다. 『목련은 골목을 품는다』는 윤경 시인의 두 번째 시집이며, 그의 삶이 아름답고 단단하게 여물어 가는 과정들을 보여준다.

윤경 시인의 시는 몇 번이고 곱씹어 보아야지만 그 맛을 알 수 있었다. 자연과 삶이 한데 어우러지는 곳에 시의 말들이 도사리고 있었고, 여행을 하더라도 그 속에 깊숙이 박혀 있는 그리움과 아픔들을 이해해야만 비로소 그 의미의 오묘함이 드러났다.

목련 환하게 피어나는 골목길 가득히 봄의 수런거림을 알 수 있었고, 폭포사 가는 길에서도 왁자하게 퍼지는 아이들의 웃음소리를 들을 수 있어 생기 넘치는 생명의 소망들이 충만했다.

이메일 : yungyong7@naver.com